KB236426

지은이 **이남미**

그녀의 별명은 여자 김제동, 40~50대 어른들에겐 친근한 방송인, MBC 라디오 진행자이자 TV 리포터로 한강과 해운대를 넘나들며 활발하게 활동 중인 오지라퍼. 넘치는 오지랍을 주체하지 못한 나머지 심리 상담사 자격을 취득하여 상담사로까지 활약하기 시작했다. 수많은 남녀의 연애와 결혼 상담, 그리고 각종 강의를 통해 "쉬지 말고 사랑하라"는 사랑꾼 마인드를 전파하고 있다. 오지라퍼답게 전 세계 사람들의 사랑도 궁금한 저자는 매번 비행길에 오르는 여행 중독자이기도 하다. 지은 책으로는《내게 스무 살이 다시 온다면》,《나는 서른이 지나도 재미있게 살고 싶다》가 있다.

우리가 사랑한 모든 순간

초판 1쇄 발행 2017년 2월 22일

지은이 | 이남미

펴낸곳 | 보랏빛소
펴낸이 | 김철원

기획·편집 | 김이슬
마케팅·홍보 | 박소영
디자인 | 박영정

출판신고 | 2014년 11월 26일 제2014-000095호
주소 | 서울특별시 마포구 월드컵북로6길 53, 402호(연남동)
대표전화·팩시밀리 | 070-8668-8802 (F)02-323-8803
이메일 | boracow8800@gmail.com

우리가
사랑한
모든 순간

Every Moment We Loved

_______ 년 _____ 월 _____ 일

사랑하는 _____________ 에게

_____________ 가

★ 이 책 사용설명서 ★

같이 있어도 보고 싶고, 알고 있어도 알고 싶고, 곁에 없을 땐 너무나도 궁금한 서로를 위한 단 한 권의 책입니다. 누가 대신 할 수도, 알고 싶어도 알 수 없는 우리 둘만의 이야기. 정성을 다해, 손 글씨로 꾹꾹 눌러서, 사랑하는 사람에 대한 존중을 듬뿍 담아 작성해 주세요. 훗날 삶이 지치고 고단할 땐 이 책이 우리의 위로가 되어 줄 거예요. 우리가 얼마나 서로를 아끼고 사랑했는지가 고스란히 담겨 있으니까요. 말로는 미처 다 할 수 없는 서로의 마음을 한 줄 한 줄 녹여 주세요. '사랑한다'라는 아주 흔한 말도, 특별한 표현과 방법으로 전달한다면 더 깊은 곳까지 가 닿을지 모른답니다. 지금 이 순간에도, 쉬지 말고 사랑하세요!

— 이남미

★용법 용량★

1일 1회 이상 사랑하는 사람을 떠올리며 솔직하게 기입한다. 단, 함께 있을 때에는 잠시 기입을 멈추고 서로에게 집중한다.

★효과★

연인의 마음을 보다 더 이해하고, 두 사람의 사랑을 더욱 돈독하게 만들어준다. 자필 기록이므로 서로의 마음의 증표로 오래도록 간직하는 효과도 있다.

★부작용★

솔직하게 기입하지 않았을 시, 사랑하는 내내 상대에게 눈흘김을 당할 수 있고, 반대로 두고두고 사랑스러운 눈빛을 받을 수도 있다. 상대의 마음을 보고 싶어 자꾸 펼쳐보는 관계로 책이 많이 구겨질 수 있으니 주의하길 바란다.

#만남

지구상의 수많은 사람들 중에,
우리가 만날 수 있었던 확률을 %로 계산할 수 있을까?

단순한 만남이 아니라,
서로가 서로에게 가장 소중한 사람이 되는 건
확률 따위로는 정말 계산할 수 없는
신비한 일이겠지.

첫눈에 반한 사랑도 있고,
쭉 지켜보며 인연이 되고 싶은 사람도 있고,
분명 처음엔 '너만 아니면 돼'라고 생각했었는데,
'너여야만 해'라고 생각하게 되는 사람도 있는 걸 보면
인연이란 건, 만남이란 건 정말 무섭고도 놀라운 일이야.

그 만남이 너여서, 지금 너와 함께여서,
나의 너에게 이 글을 보낼 수 있어서 난 정말 기뻐!

너를 만나기 전에

너를 만나기 전, 내 이상형은 이런 사람이었어.

연예인에 비유하자면 ___________ 랄까?

얼굴은 ___________ 고,

마음씨는 ___________ 같고,

느낌은 ___________ 같은 사람.

너는 나의 이상형과 ______ % 일치했던 것 같아.

LOVE

그럼,

나는 너의 이상형에 얼마나 가까웠을까?

_______ %

상관없어,
이상형은 이상형일 뿐!

물론 난 싫어하는 스타일도 있지!

나는 이런 사람이 정말 싫어!

____

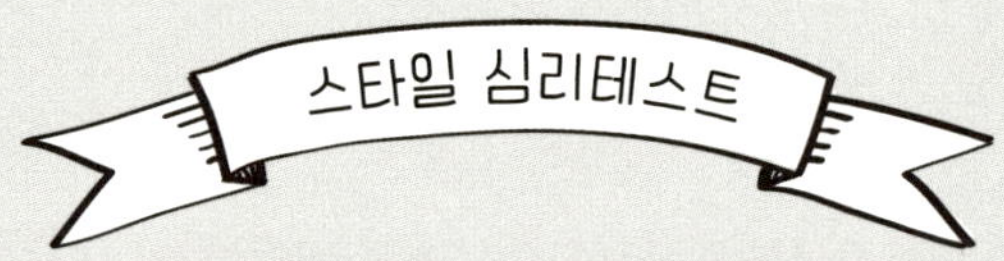

가면무도회에 초대를 받은 당신, 어떤 가면을 쓰고 싶은가?

① 동물 가면   ② 연예인 얼굴 가면   ③ 귀신, 유령 가면

*답은 잠시 후에 공개할게요!

내가 견딜 수 없는 것은

이건 정말 내가 못 참는 것들이야.

나는 ___________ 한 사람은

정말 무례하다고 생각해.

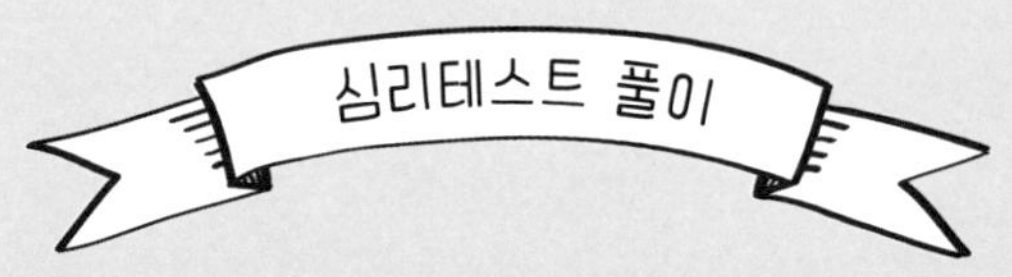

① 자신을 편안하게 오픈하는 스타일.

여러 친구들 앞에서 사람들을 웃기는 걸 즐기죠. 한 이틀 정도만 놀아보면

성격이 다 드러난달까? 하지만 너무 성급해하지 말고 천천히 다가가요!

② 신비를 추구하는 스타일.

있어 보이는 느낌을 추구함. 처음부터 마음을 열지 않고, 오랫동안 함께 생

활하다가 가까워지면 비로소 마음을 여는 타입이에요. 조금만 더 빨리 오

픈해도 괜찮아, 아무도 당신을 해치지 않아요!

③ 낯을 많이 가리는 스타일.

만만해 보이는 건 정말 참을 수 없어! 친해지면 그때 웃어주는 타입.

조심해요, 너무 무뚝뚝해 보이면 누군가 당신에게 다가가기 힘드니까요!

하지만, 당신은

내 눈에 비친 당신은

___________ 같았어.

내 이상형과는 ___________ 한 점이 달랐지만,

___________ 한 부분은 일치했지!

나는 당신에게 ___________ 같은 사람이었으면 해.

난 당신에게서

이런 모습만큼은

절대 보고 싶지 않아!

그리고 난 당신에게

이런 모습은

절대로 보여 주기 싫어!

이게 네가 나의 이상형이니까!

우리의 첫만남을 기억해?

_________ 년 _____ 월 _____ 일

우리는 _________ 에서 처음 만났지.

나에게 너는 마치 _________ 같아 보였어!

내가 생각했던 너의 첫인상과 너는 _____ % 일치했어!

넌 나의 첫인상을 어떻게 기억해?

____

____

____

나의 첫인상과 실제 내 모습은 얼마나 일치했니?

_______________ %

LOVE

너와 난 첫눈에 서로에게 반했을까?
중요한건, 지금 내가 네게
더욱 푹 빠져 있다는 사실이야.

당신이 사람을 만날 때 가장 처음으로 눈여겨보는 것은?

① 눈 ② 손 ③ 전체적 이미지

*답은 잠시 후에 공개할게요!

너에게 반하다

내가 너에게 반한 몇 가지 이유

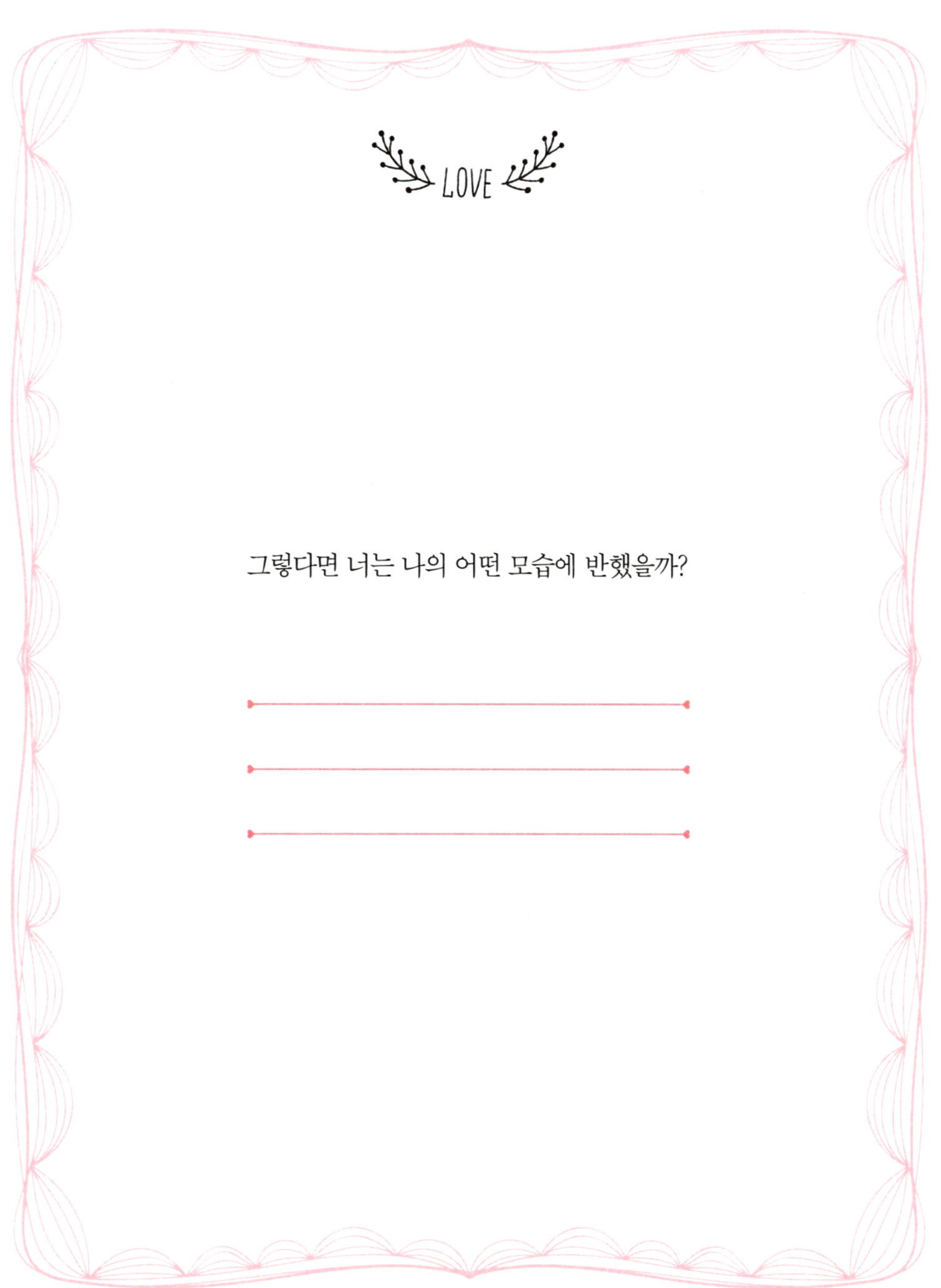

그렇다면 너는 나의 어떤 모습에 반했을까?

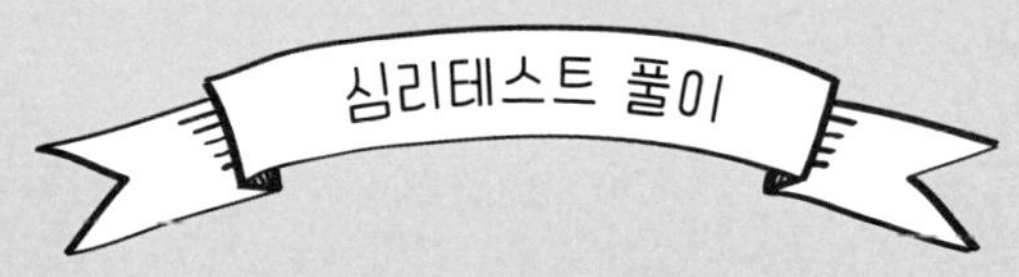

① 매사에 자신감 넘치는 당신!

첫인상에 자신 있는 스타일,

누구를 만나도 자신감 충만!

② 상대의 성격을 중요하게 생각하는 당신!

조금은 수줍어 하는 성격의 소유자군요.

③ 누군가에게 나쁜 첫인상을 심어 줄까봐 고민하는 당신!

당신은 좋은 사람이니 너무 걱정하지 말아요~

고백하기로 결심하다

"그거 알아?
사실, 고백은
무지 떨리는 일이었어."

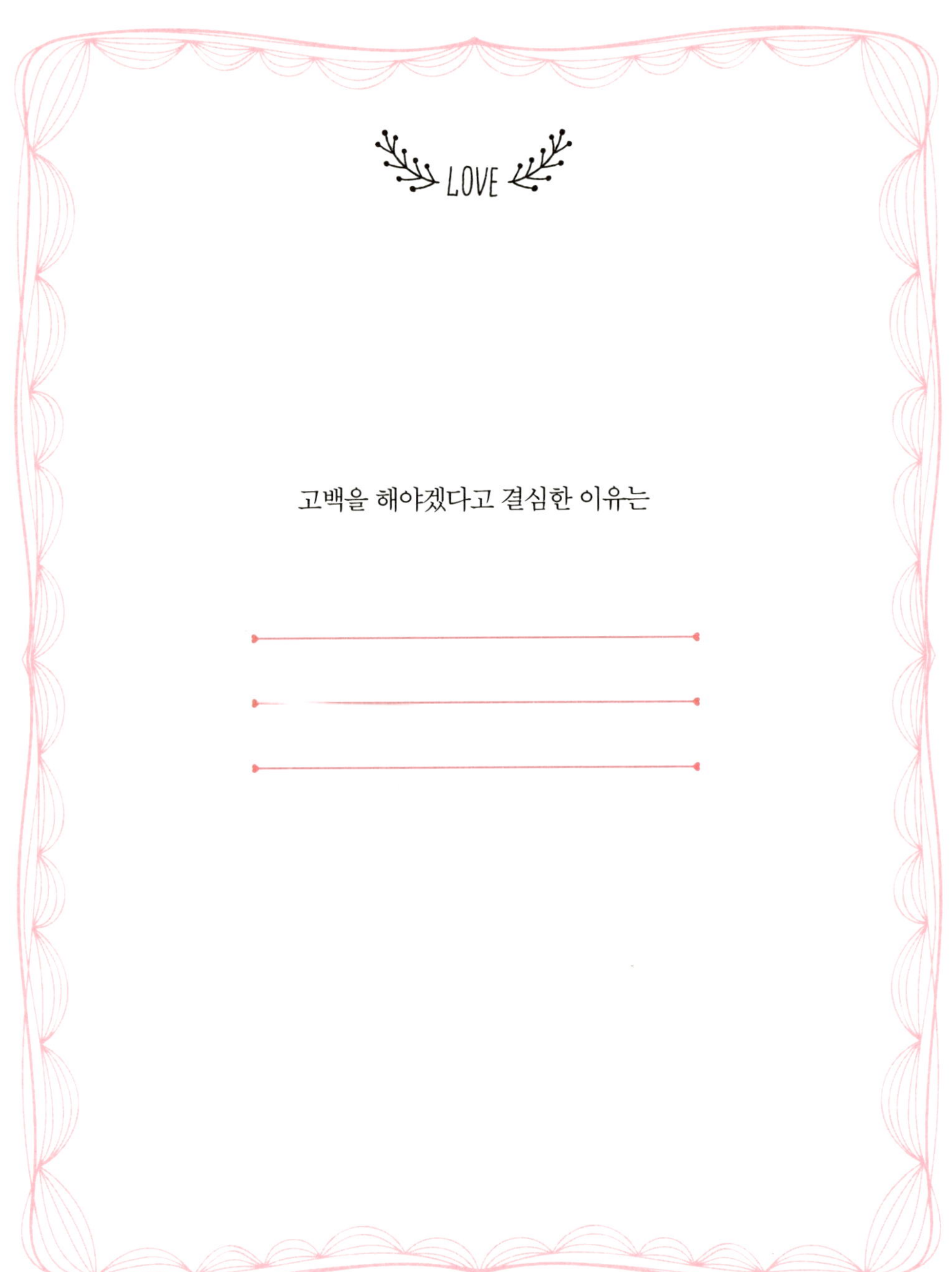

고백을 해야겠다고 결심한 이유는

고백을 받아들여야겠다고 결심한 이유는

혹시 거절당하진 않을까 두려워서

이런 생각까지 했어.

그래도,

너도 날 좋아한다고 확신할 수 있었던 건

바로 이 순간 때문이었지.

고백한 다음 날,

그리고 고백 받은 다음 날,

난 ___________ 만큼 행복했어.

지금도 물론, ___________ 만큼 행복해♥

연인이 되다

우리가 처음으로 사귀기로 한 날은?

그날의 날씨는

그리고 내 마음의 날씨는

그리고 우리는 그날부터
'연인'이 되었어

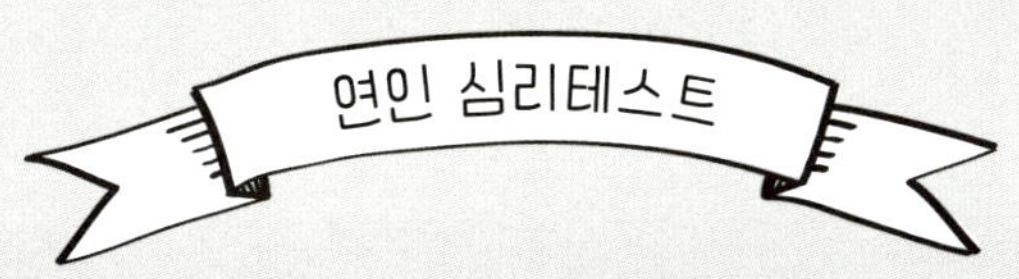

'연인'의 의미는 뭐라고 생각해?

① 또 다른 나　　② 사랑하는 사람　　③ 제일 친한 벗

*답은 잠시 후에 공개할게요!

연인이 되기 전,

우리는 서로를 이렇게 불렀지.

넌 나를 ___________

난 너를 ___________

하지만 '연인'이라는 이름으로

새롭게 만난 우리는 지금

넌 나를 ___________

난 너를 ___________

이건 비밀인데,

사실 내가 듣고 싶은 애칭은

따로 있어.

바로 ___________

이런 애칭을 듣기 위해

내가 더 노력해야겠지?

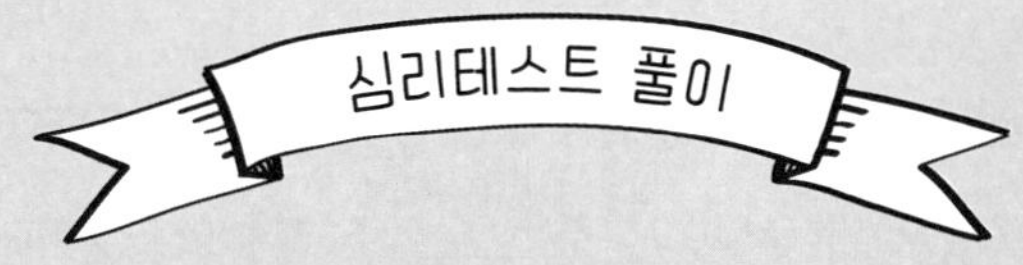

① 나를 있는 그대로 사랑해줘.

② 넌 내가 가장 아껴야 할 사람이란 걸 알아.

③ 언제든, 어딜 가든 너와 함께 웃고 싶어 ^-^

우리가 주로 연락하던 시간은 ___________

넌 내가 ___________ 하는 걸 좋아하는 것 같았어.

그리고 난 너의 ___________ 이 좋았어.

사실, 난 네가 ___________ 하진 않을까 두려운적도 있었어.

하지만 두려움도 잠시, 우린 결국 사랑하게 되었지.

우리 이제,

늘 함께 있지만

서로를 더 알아볼까?

남미's *LOVELY tip.*

두 사람이 연인으로 처음 시작한 바로 그날.

그날을 100일이나 1주년보다 더 기념하세요.

사랑은, 운명은, 어쩌면 만난 날부터

작은 기적처럼 시작되고 있었는지도 모릅니다.

서로에 대해 소홀해지거나 마음이 약해질 땐

처음 만난 날을 항상 떠올리세요.

그 사람이 내 것이 되길 바랐던

그 작은 소망을 떠올리세요.

그러면 서로의 만남이 매순간 소중할 거예요.

두근거렸던 너의 첫인상,
그 설렘이 영원하진 않겠지만,
서로에게 가장 오래도록
끝까지
사랑의 인상을 남기는
우리가 되고 싶어.

#데이트

하루하루를 기념일로 만들어줘서 고마워.
너와 만나는 모든 날들은 내게
'새로운 선물'이라고 생각해.

함께한 소중한 순간들,
그리고 앞으로 함께할 더욱 소중한 순간들.

너와 본 영화,
너와 걷던 거리,
너와 나눈 수많은 이야기들···

모든 추억이 행복이라는 이름으로 자리하도록
우리 더 많이 함께해.

뭘 했는지 기억도 못할 만큼
더 오랫동안 내 곁에 있어줘.

따르릉 따르릉

내 휴대전화에 저장된 너의 이름

____

네 휴대전화에 저장된 나의 이름

____

우리가 하나가 된 후 제일 길게 통화한 시간은

__________ 시간 __________ 분

기억나?

전화기가 뜨거워지던 그 순간,

밤새 배터리 충전을 하면서

뜨거운 전화기를 얼굴에 대고 있던 그때.

나는 너에게 전화할 때 이런 기분이 들어.

그리고 너의 전화가 걸려 올 때면

내가 네 목소리를 듣고 싶은 순간 Best 3

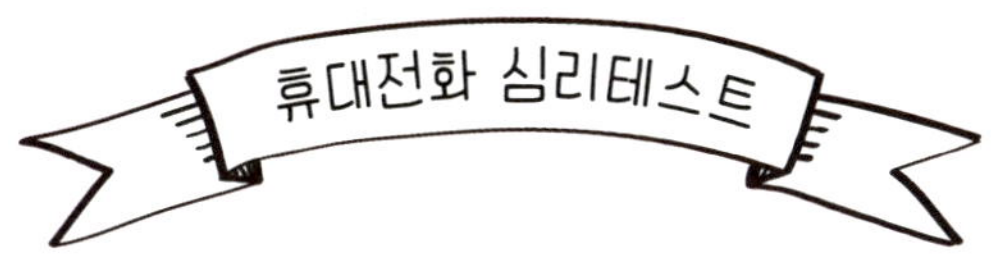

휴대전화 배터리가 없을 때 당신의 행동은?

① 충전할 곳을 찾아다닌다.

② 언제나 충전기를 가지고 다니기 때문에 문제없다.

③ 전화가 꺼져도 별 신경을 쓰지 않는다.

*답은 잠시 후에 공개할게요!

넌 언제 내 목소리가 가장 듣고 싶어?

난 네가 나에게 이럴 때 전화해줬으면 좋겠어.

그런데, 그거 알아?
네 목소리를
제일 듣고 싶은 시간은 사실
'매순간' 일지도 몰라

각자가 어떤 스타일이라도,
우리 사이의 전화는 끊어지지
않았으면 좋겠어.

우리의 이야기는 언제나 끊어짐 없이,
충전도 할 필요 없이,
서로의 마음속에 쭉~ 이어지길.

띠링 띠링

그래도 가장 편한 건 역시

문자나 메신저겠지?

내가 너에게 가장 많이 보내는 메시지는

내가 제일 많이 사용하는 이모티콘을 그려볼게.

그런데 사실,

난 이럴 때는 답장을 잘 못하는 편이야.

정말 미안, 너무 서운해 하지 마. 응?

날 기다리는 너의 마음 잊지 않고 빨리 빨리 답장하도록 노력할게!

전화를 못하는 상황이라도 서로를 믿어주고,

문자를 읽지 못하는 상황이라도 서로 이해하고,

빨리 서로에게 연락할 수 있도록,

서로를 가장 먼저, 어디서든 떠올리는

우리가 되길.

① 전화보다는 문자나 메신저가 편한 스타일.

목소리 듣는 것보다 문자로 이야기하는 게 훨씬 편해요!

② 전화기의 노예 스타일.

성격이 급해서 문자보다는 전화를 바로 바로 하는 것이 좋다.

배터리가 없으면 불안해서 발을 동동 구른다.

③ 전화가 귀찮은 스타일.

오히려 공중전화 시대가 더 좋았다고 생각한다.

1인 1전화가 너무 귀찮아요~

나는 둘 중에 이게 더 좋아!

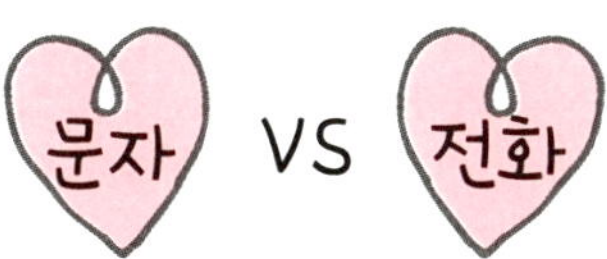

넌 어때?

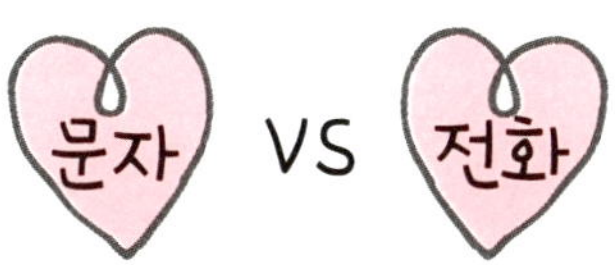

사실,
너랑 하면 뭐든 다 좋아.

너랑 나랑 같이

너랑 나랑 같이 한
우리의 첫 데이트 기억해?

장소는 ________________________________

만날 시간은 ___________ 시였는데,

난 너를 만나기 전 ___________ 시부터 준비를 시작했다고!

내가 언제나 꿈꿔온 데이트는 이런 거였어.

넌 어땠어?

사실 나는 둘 중에 이게 더 좋아.

많이 움직이는 활동적인 데이트

VS

한 곳에 가만히 앉아 쉬는 데이트

넌 어때?

많이 움직이는 활동적인 데이트

VS

한 곳에 가만히 앉아 쉬는 데이트

하지만 너와 함께 있는 거라면

다리 아프도록 돌아다녀도,

엉덩이에 땀나도록 앉아만 있어도,

모두 다 행복하고 즐거울 거야.

오랜만에 놀이공원에 간 당신은 어떤 타입?

① 놀이기구야, 내가 왔다! 몽땅 타줄게!
② 남는 건 사진뿐! 캐릭터 머리띠는 필수!
③ 모든 이벤트를 섭렵해야 해, 지도부터 펼치자!

*답은 잠시 후에 공개할게요!

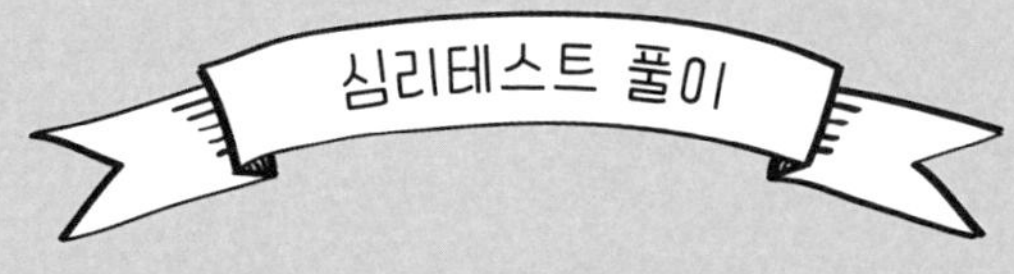

① 현실을 즉시하고 남의 눈치는 살짝 보는 편이지만,

그래도 나이에 맞게 즐길 건 다 즐기는 스타일!

② 어려지고 싶어서 안달이 났군요?

동심을 버리지 못하는 스타일.

하지만 나이를 생각하는 게 좋을 거야.

③ 어른스러워 보이고 싶은가요? 괜찮아요,

조금은 자유롭게 행동해보세요!

영화관에서

우리가 맨 처음 함께 본 영화는

별점을 준다면

☆ ☆ ☆ ☆ ☆

우리가 본 최고의 영화는

히힛, 다시 보고 싶다. 그치?

우리가 본 최악의 영화는

으, 정말 돈 아까워!

내 인생 영화는

내가 좋아하는 배우는 _______________

믿고 보는 감독은 _______________

나는 이 영화관이 제일 좋더라 _______________

영화관에서 가장 선호하는 자리는?

① 맨 뒤　　② 정중앙　　③ 구석 자리

*답은 잠시 후에 공개할게요!

영화 볼 때는 역시 이걸 같이 먹어야지! 

내가 영화관에서 정말 참을 수 없는 행동은

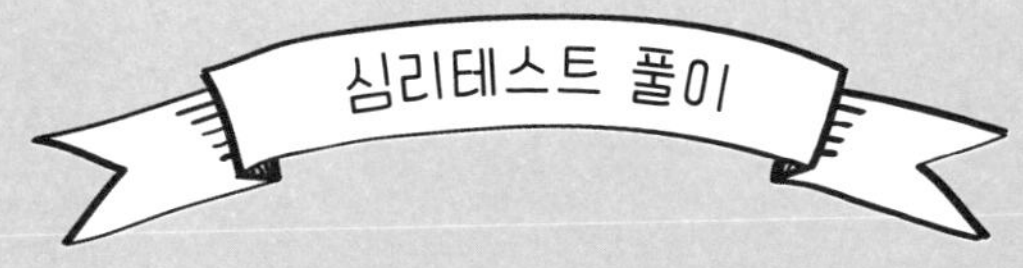

① 작품성을 중요하게 생각하는 스타일.

아무에게도 방해 받지 않고 영화를 보고 싶다.

② 재미있는 영화를 추구하는 스타일.

입소문이 났거나 관객수 기록을 세운 영화라면

반드시 봐야 직성이 풀린다.

③ 돈 아까운 영화를 보면 화가 머리끝까지 치솟는 스타일.

두고두고 후회하기 싫다면 미리 평점을 확인할 것.

룰루랄라

내가 학창시절 제일 좋아하던 가수는

내 인생 노래는

요즘 가장 즐겨 듣는 음악 Best 3

너에게 불러주고 싶은 노래 Best 3

제일 좋아하는 가사 한 구절

우리가 항상 예쁜 노래 가사처럼 함께할 수 있길.

우리가 함께하는 날들 동안 이별 노래는 그저

다른 사람들의 이야기처럼만 들리길.

우리의 노래는 늘 해피엔딩일 테니까!

후루룩 냠냠

나는 사실 (한식 / 일식 / 중식 / 양식)을 제일 좋아해.

그리고 진짜 진짜 좋아하는 음식은

나의 단골 식당은 ___________

특히 이 메뉴를 제일 자주 먹어 ___________

다음에 꼭 같이 가자!

너랑 같이 먹었던 음식 중에

제일 기억에 남는 음식은 ___________

침이 꼴깍!

또 먹고 싶다.

이번 주말에 자기랑 먹고 싶은 음식은

____

내가 제일 자신 있는 요리는 ___________

언젠가 꼭 해주고 말테야!

우리만의 맛집 리스트

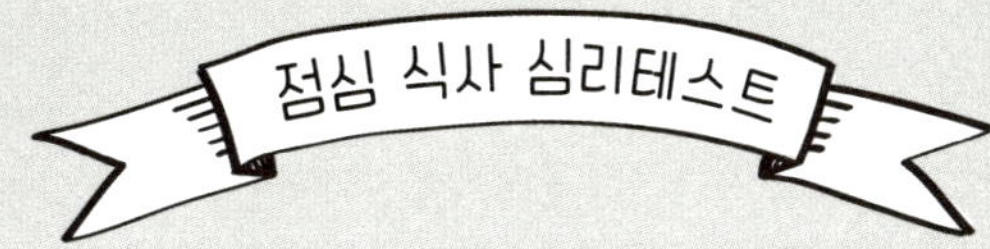

열심히 일하다가 점심시간을 놓치고 만 당신, 어떤 생각이 들까?

① 앗, 할 수 없다. 저녁에 맛있는 걸 먹어야지!

② 으, 당장 컵라면이라도 먹어야겠어!

③ 휴, 이렇게 살아서 무얼 하나...

*답은 잠시 후에 공개할게요!

카페에 가면

나는 주로 ___________

너는 주로 ___________

우리만의 추억이 담긴 아지트 같은 카페는

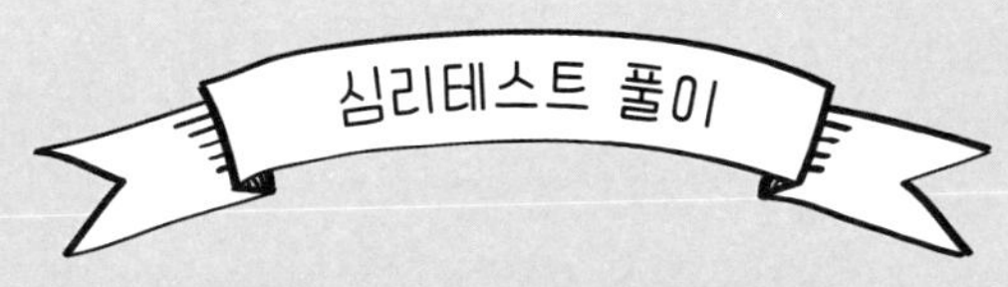

① 음식에 열정이 없는 성격.

먹는 게 뭐가 그리 중요한가요?

메뉴 결정하는 게 세상에서 제일 어려워!

② 맛집에 대한 강한 열정을 가진 당신.

먹는 게 남는 거야!

③ 음식 리스트를 정리해두는 스타일.

좋아하는 메뉴 하나만 있으면 만사 OK!

떠나요, 둘이서

너랑 함께 간 여행 중에

제일 기억에 남는 곳은

그날 찍은 사진 중에

내가 제일 아끼는 사진은 이거야.

사진을 붙이세요!

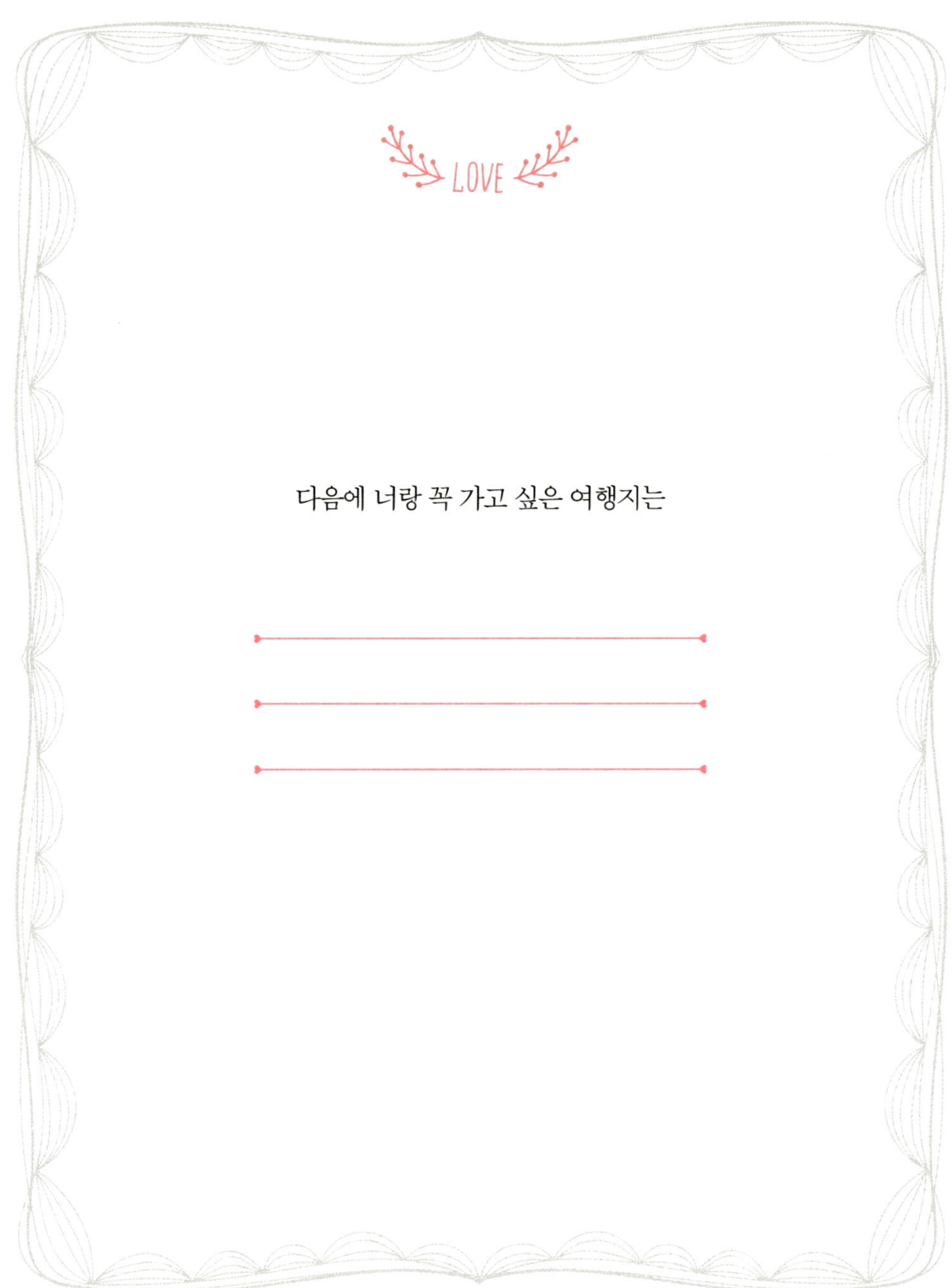

다음에 너랑 꼭 가고 싶은 여행지는

잘 기억해뒀다가
꼭 같이 가자!

나는 둘 중에 여기가 더 좋아!

나는 둘 중에 여기가 더 좋아!

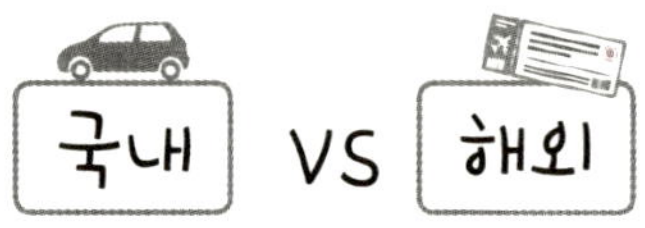

여행갈 때 가장 중요하게 여기는 것은?

① 휴대전화 충전기   ② 모자   ③ 선글라스

*답은 잠시 후에 공개할게요!

여행할 때 내가 가장 좋아하는 날씨는

그래도,
너와 함께라면
어떤 날씨든
OK!

나는 여행을 (휴양 / 모험 / 공부)라고 생각해.

난 여행할 때 (맛집 / 숙소 / 교통)을(를) 가장 중요하다고 생각해.

여행할 때 내가 제일 잘하는 것은

(계획짜기 / 맛집 찾기 / 돈 아끼기)

반대로 내가 제일 못하는 것은

얼마나 좋을까?

답답한 일상을 떠나 새로운 곳에서
너와 함께하는 데이트라니!

신혼여행으로 꼭 가보고 싶은 곳은

난 결혼하고 나서도 1년에 _____ 번은 꼭 여행을 가고 싶어!

기념일마다 ___________ 곳에서 보낼 수 있다면 얼마나 좋을까!

여행은 늘 우리를 새로운 곳으로 안내할 테니까,

지친 일상을 새롭게 만들어줄 테니까,

서로를 더 사랑하게 해줄 테니까!

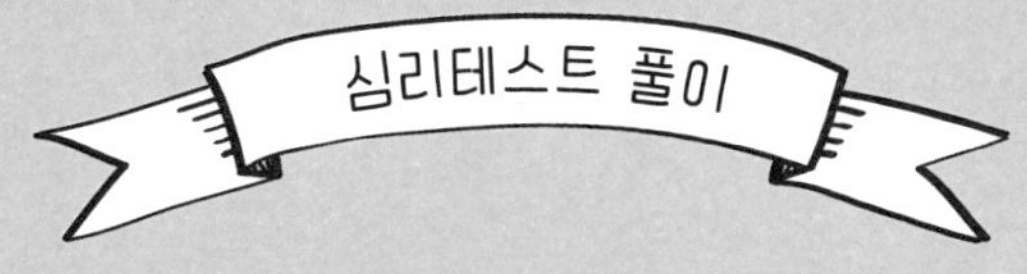

① 여행엔 사진이 최고다!

추억을 남기는 걸 좋아하는 사람,

가장 중요한 건 여행의 추억!

② 여행은 편안함이다!

어딜 가도 편안하게 있나오는 걸 즐기는 사람,

관광보다 휴양!

③ 여행은 스타일이다!

하나라도 더 보고 오는 걸 즐기는 사람,

제일 많이 구경하고 오겠군!

남미's *LOVELY tip.*

새로운 곳에서 하는 설레는 데이트,

우리만의 아지트에서 하는 익숙한 데이트…

어느 하나 소중하지 않은 게 없다는 걸 기억하세요.

두 사람만의 추억이 담긴 카페, 자리,

함께 걷는 보폭이 늘어날수록, 밟는 공간이 더 많아질수록

우리 사이도 점점 더 단단하고 깊어지겠죠.

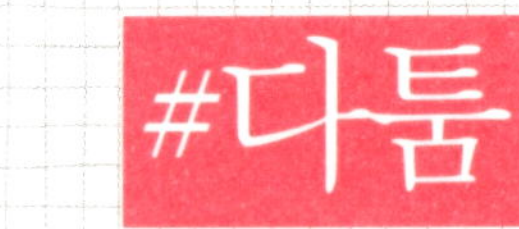
#다툼

사랑이 커질수록 화가 나고,
사랑하던 사람이 때론 가장 미운 사람이 되기도 하지.

하지만 우린 서로 알고 있잖아.
더 많이 사랑하기 때문에 화가 난다는 걸.
그래서 우린 그 순간에도 서로를 그리워하는 마음에
다투고 있다는 걸.

다투지 않는 커플은 오히려 위험하대.
서로의 마음을 더 모를 수 있다고 하더라.

우리 어느 순간 심하게 서로에게 화가 날지라도
서로가 서로를 너무 원해서 생긴 마음이라는 것만은
잊지 말기로 해.

으르렁 으르렁

우리가 제일 처음 싸웠던 날은 사귄 지

__________ 정도 되던 날.

뭐 때문에 싸웠는지 기억나?

때문이었잖아.

지금 생각하면 참 사소한데,

그땐 뭐가 그리 서운했는지.

우리는 (자주 / 가끔) 싸우는 것 같아.

이건 솔직히 (나 / 너) 때문이야. 그치?

우리가 주로 다투는 원인은

____

만약 __________ 했다면

지금보다 덜 싸웠을 텐데.

우리가 가장 크게 다퉜던 날,

기억나? ____________ 때문이었지.

그때 내 기분은 ____________________

그래서 난 ____________________ 했던 거야.

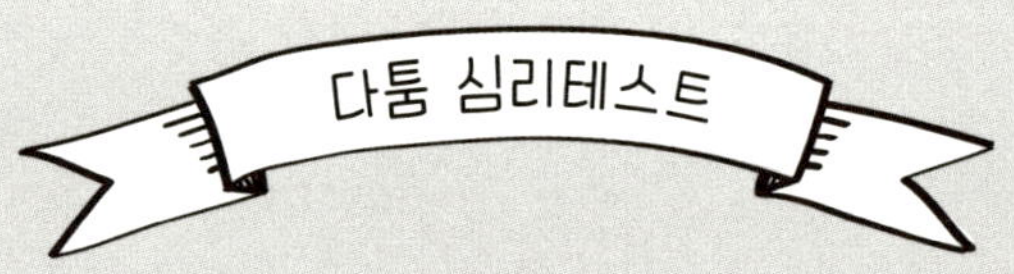

평소에 그다지 좋아하지 않는 선배가 말을 걸어왔다.

당신의 행동은?

① 웃으며 인사한다.

② 못 들은 척한다.

③ 불편한 표정으로 대한다.

*답은 잠시 후에 공개할게요!

내가 자기에게
가장 화가 나는 순간은

이럴 땐 정말 참기가 힘들어.

하지만 ___________ 같은 것들은 어느 정도 이해할 수 있어.

내가 조금 더 노력해야 할 부분은

자기가 조금 더 노력해줬으면 하는 부분은

나는 화가 날 땐 주로

_________________ 하는 편이야.

왜냐하면 _______________________

____

나도 이러고 싶지 않은데,

나도 모르게 튀어나오는 행동들이 있어.

혹시 자기가 조금만 이해해줄 수 있을까?

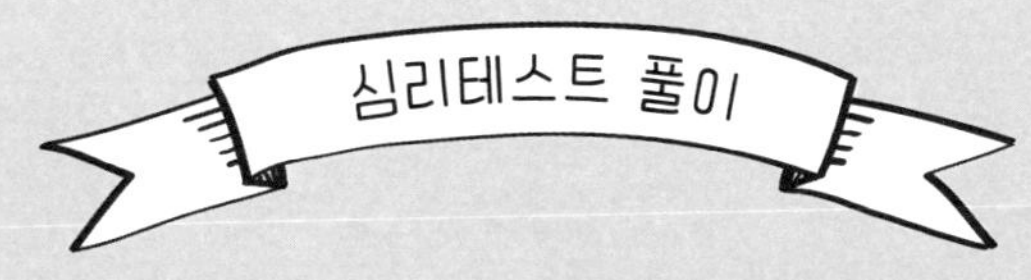

① 예의가 가장 중요한 스타일!

다툴 때 심하게 화를 내거나 선을 넘으면 참지 못해요.

하지만, 얼마나 화가 나면 저럴까 하는 마음으로

상대를 조금 이해해주면 안 될까요?

② 불편한 사람과는 잠시도 마주하기 어려운 스타일!

시간은 금방 지나갈지도 몰라요. 조금만 견뎌보아요.

③ 화가 나면 바로 얼굴에 표가 나는 스타일!

사회 생활을 할 땐 조금 힘들 수 있으니

스마일을 연습하는 것도 좋아요.

난 사실 자기가 이렇게 할 때 제일 힘들어.

자기는 나의 어떤 행동이 힘들까?

기억하자.
사랑싸움에 일방통행은 없는 법.
어느 한쪽만 잘못한 싸움은
애초에 일어나지 않아.

새끼손가락 걸고

그런데,

우리 다툼이 꼭 나쁜 것만은 아냐.

지난번 _______________ 때문에 싸웠을 때,

난 _______________ 하는 법을 배웠거든.

앞으로는 꼭 _______________ 해야겠다고 생각했어.

LOVE

솔직히 나,

다툰 후에 자기가 _________________ 해서

정말 정말 속상했거든.

우리 앞으로는,

다투더라도 서로에게 _________________ 하는 것만은

잊지 말자.

사소한 말다툼이라도 이것만은 꼭 지키자!

서로에게 절대 하면 안 되는 행동

서로에게 절대 하면 안 되는 심한 말

내가 화가 났을 땐 이렇게 풀어줘.

그리고 이것만은 하지 말아줘.

오히려 역효과가 나거든.

난 자기가 화가 났을 때 이렇게 할게.

정말로 서로가 화가 나는 순간에도 이것만은 지켜주자.

서로의 마음을 알기 위해 자꾸만 다투는 거래.

서로를 더 사랑하고 싶어서 자꾸만 다투는 거래.

서로를 괴롭히려고 우리가 다투는 건 아니잖아.

다투면서 조금 더 성숙해지고, 더 아껴주는 우리가 되자.

사랑해.

부글부글

그거 알아?

나는 _______________ 에 제일 질투가 나.

질투가 났을 때 난 _______________ 표정이 돼.

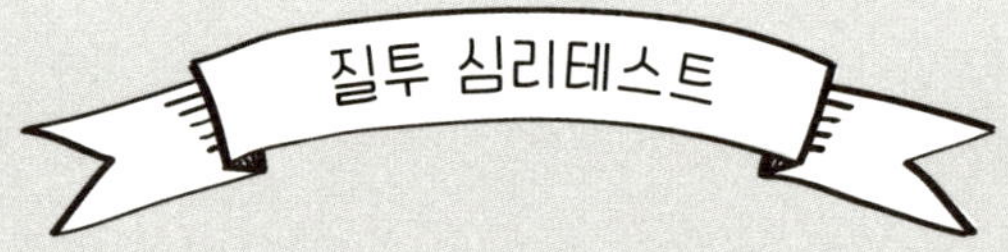

내가 좋아하는 음료를 다른 친구가 먹으려고 할 때 당신은?

① 그래, 너 먹어.

② 야, 이거 내가 제일 좋아하는 거란 말이야.

③ 나눠 먹을까?

*답은 잠시 후에 공개할게요!

내가 질투를 하는 가장 큰 이유는

제일 신경쓰이는 부분은

혹시나 이성 때문에 내가 질투하게 되면,

너무 미워하지 말고 이렇게 풀어줬으면 좋겠어.

그리고 이성친구 사이에선 딱 이것만 지키자.

나도 너무 예민하지 않도록 조심할게!

네가
너무 좋은 걸
어떡해,

내 마음 좀
알아주면 안 돼?

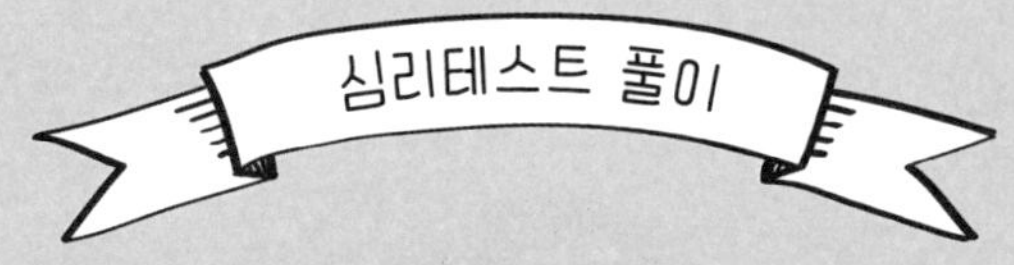

① 질투심 100%! 질투가 무지 많은 스타일!

눈에서 불꽃 레이저 발사~! 내 애인은 내가 지킨다!

질투심 유발하면 제일 싫어하는 타입이에요.

② 질투심 제로! 겉으로는 질투 나는 척하지만

속으론 별로 신경 안 쓰는 스타일.

귀여운 질투가 필요할지도 몰라요!

③ 질투가 나지만 속으로 숨기느라 고생하는 스타일.

솔직히 말해도 괜찮아요~ 자존심 때문에 말하지 못하면

나중에 뻥! 터질지도 모른다고요.

남미's *LOVELY tip.*

싸우는 게 무조건 나쁜 건 아니에요.

건강한 다툼은 오히려 연인 사이를 더욱 끈끈하게 만들죠.

하지만 싸움이 지속적으로 반복되면 서로가 지치기 마련입니다.

서로 다른 두 사람이 하나가 되어가는 과정은

거칠고 험난한 것이 어쩌면 당연하겠지요.

다툼의 순간마저 사랑할 수 있다면,

더욱 행복한 시간이 되지 않을까요?

조용히 눈을 감고 서로의 마음을 만져주세요.

#꿈

궁금하다, 우리의 미래.
그 안에 우리는 서로 어떤 모습으로 자리하고 있을까?

너의 미래에 내가 있다면,
그리고 나의 미래에 네가 있다면,
우린 지금보다 더 값지고 행복한 사랑을 나눌 수 있겠지?

기대할게.
이젠 너와 나의 미래가 아닌
우리의 미래를.

현재도 미래에도, 사랑해.

나 어릴 때

나 어릴 때 장래희망은

이유는

히힛, 이건 비밀인데,
나 학창시절 때 말이야.

제일 자신 있던 과목

제일 자신 없던 과목

제일 높았던 등수

제일 낮았던 등수

제일 재미있었던 기억

제일 힘들었던 기억

난 어릴 때 ________ 성격이었어.

지금은 ________ 편이지.

얼굴은 ________ 편이었는데

지금은 ________

만약 과거로 돌아갈 수 있다면

난 ______________ 살 때로 돌아가고 싶어.

이유는 ________________________________

그리고, 어느새 우리는
'어른'이 되어가고 있더라,

내가 나이 들었다고 느껴지는 순간은

이유는

꿈이 흔들리고 바뀌던 순간이 있었어.

때문이었지.

어른이 되면 제일 먼저 해보고 싶었던 건

그런데 현실은

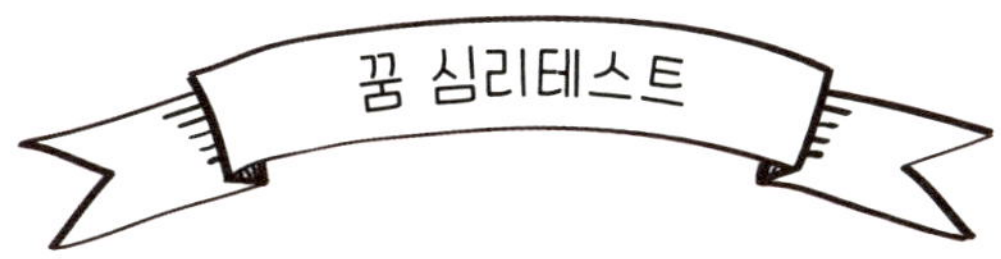

누군가 꿈이 뭐냐고 묻는다면?

① 자신 있게 대답한다.   ② 웃어넘긴다.   ③ 묻지 말라며 얼버무린다.

*답은 잠시 후에 공개할게요!

지금 이 순간

나는 ____________________ 사람이 부럽더라.

이유는

내가 요즘 잘하고 싶은 건 ____________________

내가 요즘 제일 못하는 건 ____________________

그래도 요즘 제일 잘할 수 있는 건 ____________________

나의 장점은

나의 단점은

나의 좌우명은

나의 묘비명에 쓰고 싶은 글귀는

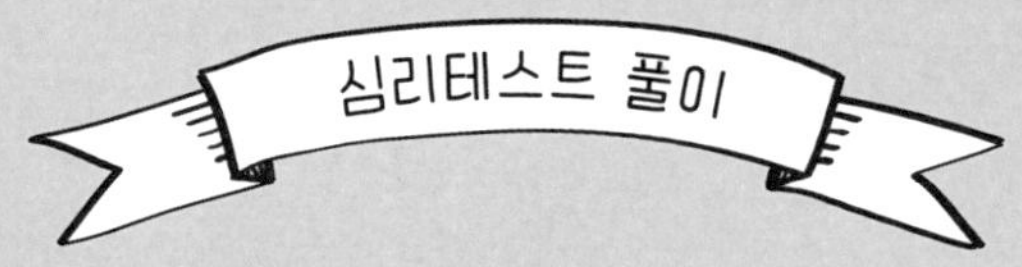

① 밝은 성격의 소유자, 언제나 당찬 스타일!

그 꿈을 못 이루면 어때, 또 꾸면 그만인걸.

② 가까운 사람에게 다정다감한 이!

속으로 계획하며 언제든 이루려 애쓰는 당신.

③ 부끄러움이 많은 성격!

혼자서 가장 많은 꿈을 가진 꿈쟁이!

지금 내 꿈은

이유는

그 꿈을 이루기 위해서 난

그리고...

내 꿈은 현재 ＿＿＿＿＿＿＿＿ %

완성되어 있어.

앞으로 ＿＿＿＿＿＿＿ 년 후면,

이룰 수 있을 거야.

내 꿈이 이루어졌을 때,

너와 나의 모습은 어떻게 달라져 있을까?

어떤 꿈을 꾸더라도

너와 함께 꾸는 꿈은 달콤하겠지.

우리가 꿀 수 있는 모든 꿈속에

서로의 자리가 가장 아름답게 빛나길.

그리고 그 꿈을 함께 응원하는 우리가 되길!

10년 뒤 나는
어떤 사람이 되어 있을까?

10년 뒤

나는 .... 살

성격은 ....

직업은 ....

외모는 ....

취미는 ....

10년 뒤 너는
이런 사람이 되어 있지 않을까?

10년 뒤

나는 _______________ 살

성격은 _______________

직업은 _______________

외모는 _______________

취미는 _______________

딴 딴 따단~

내 삶에서 결혼은

 **필수** VS  **선택**

만약 결혼한다면 _________________ 넌 뒤가 좋겠어.

왜냐하면 _________________________________

결혼한다면 계절은 _________________ 이 좋겠어.

왜냐하면 _________________________________

결혼하면 _________________ 에 살고 싶어.

왜냐하면 _________________________________

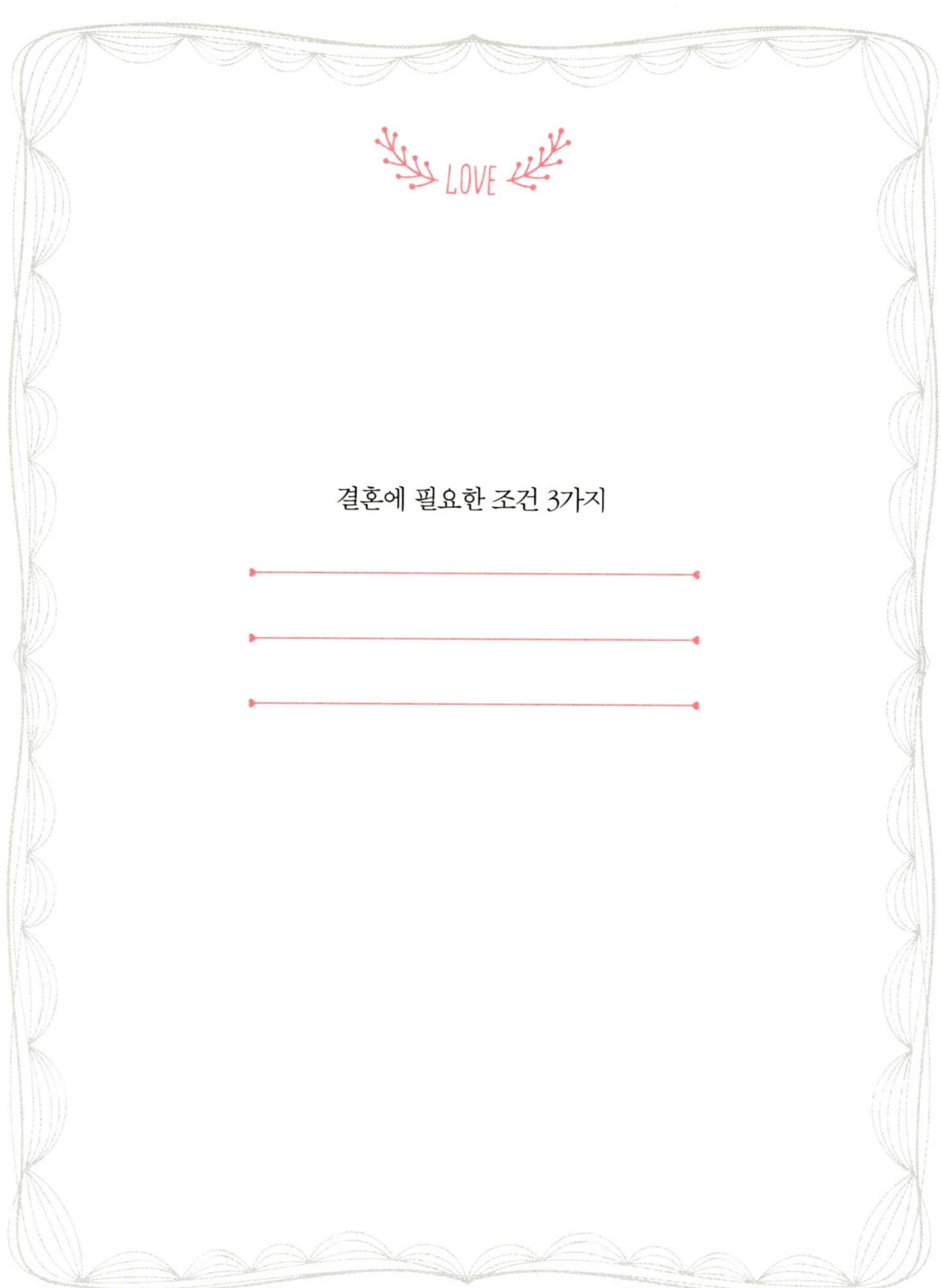

결혼에 필요한 조건 3가지

1+1=?

아이를 낳는다면 _________________ 명

나는 (아들 / 딸)이 더 좋아.

아들이면 이름은 _______________ 어때?

딸이면 _______________ 도 좋겠다.

널 닮은 아이라면 얼마나 이쁠까?

결혼해서 가정을 꾸리고 아이를 낳으면

가족여행으로 ＿＿＿＿＿＿＿＿＿ 가고 싶다!

난 이런 부모가 되고 싶어.

＿＿＿＿＿＿＿＿＿＿＿＿＿＿＿＿＿＿

그리고 사실 너에게는 이런 배우자가 되고 싶어.

＿＿＿＿＿＿＿＿＿＿＿＿＿＿＿＿＿＿

너도 나에게 이런 배우자가 되어 주겠지?

＿＿＿＿＿＿＿＿＿＿＿＿＿＿＿＿＿＿

지금 우리의 사랑이

_________________ 라면

미래에 우리의 사랑은

_________________ 일 거야.

언젠가 먼 미래에,
우리의 존재가 불확실하게 느껴지고
불안해질 때면,

이 책을 펼쳐봐.

서로의 힘든 순간에
힘이 되는 페이지가 되어줄 거야.

앞으로 또다른 기록을 위해
더 사랑하자.

남미's *LOVELY tip.*

미래를 위해서 너무 서두르진 마세요.

제일 중요한 건 지금 이 순간이니까요.

지금 서로 행복하지 않으면 미래의 행복도 없어요.

미래에 상대를 행복하게 해주겠노라며

지금을 가볍게 여긴다면 그 사랑은 힘들지도 모릅니다.

지금을 멋지게 사랑해내고 나면,

미래는 더욱더 행복할 거예요.

내 사랑이 된 이상, 쉬지 말고 사랑하세요.

쉬지 않는 사랑은 미래의 사랑을 찾아가는 열쇠가 될 겁니다.